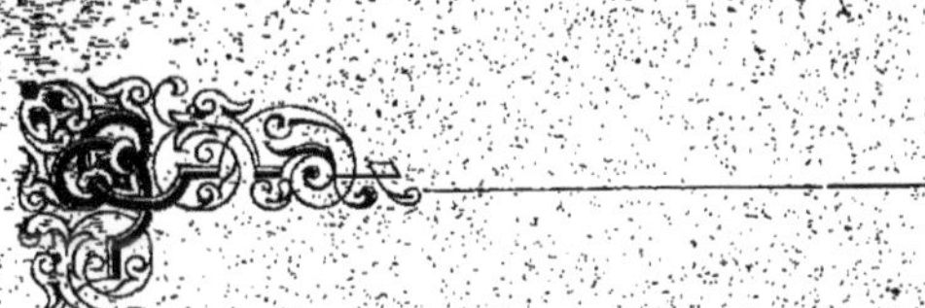

GRAND-THÉATRE DE LYON.

Saison d'été 1853.

LE

BARBIER DE SÉVILLE,

OPÉRA-COMIQUE EN QUATRE ACTES.

DIRECTION DE M. Mr DELESTANG.

LYON.
IMPRIMERIE D'AIMÉ VINGTRINIER,
Quai Saint-Antoine, 36.

1853.

TABLEAU DE LA COMPAGNIE ITALIENNE.

DIRECTION DE M. LORINI.

Premiers Ténors :

RICO CALZOLARI, premier Sujet du Théâtre impérial italien de Paris.

TIMIO ARMANDI, premier Sujet du Théâtre impérial italien de Paris et du Théâtre royal italien de Bruxelles.

Première Basse comique :

POLEONE ROSSI, premier Sujet du Théâtre impérial italien de Paris et de Saint-Pétersbourg.

Premier Baryton de grand opéra :

ANCESCO GNONE, premier Sujet du Théâtre impérial italien de Paris.

Premier Baryton comique :

TRO FERRANTI, premier Sujet du Théâtre impérial italien de Paris et de S. M., à Londres.

Premières Basses :

TONIO ZANCHI, premier Sujet de la Scala, à Milan.

MILLO FERRARA, premier sujet du théâtre royal italien de Bruxelles.

Premières Chanteuses :

e GIUDITTA BELTRAMELLI, premier Sujet du Théâtre impérial italien et de S. M., à Londres.

e SOFIA VERA, premier Sujet du Theâtre impérial de Paris et de S. M., à Londres.

e CAROLINA SANNAZZARO, premier Sujet du Théâtre royal de Lisbonne et des Théâtres impériaux de Milan.

Seconde Chanteuse ;

e GRIMALDI, du Théâtre impérial italien de Paris.

Second Ténor ;

RLO GROSA.

Seconds et troisièmes Rôles.

TOMASINI, Mme MARTINI.

LE

BARBIER DE SÉVILLE,

OPÉRA COMIQUE EN 4 ACTES,

Musique de Rossini.

LYON.
IMPRIMERIE D'AIMÉ VINGTRINIER,
QUAI SAINT-ANTOINE, 36.

1853.

PERSONNAGES ET ACTEURS.

Le comte ALMAVIVA. CAZOLARI.
BARTHOLO, médecin. ROSSI.
ROSINE, pupille de Bartholo. . . . . BELTRAMELLI.
FIGARO, barbier. . . . . FFRRANTI
BAZILE, maître à chanter de Rosine. . . . . FERRARA.
BERTA, vieille gouvernante de Bartholo. . . . . GRIMALDI.
FIORELLO, domestique du comte Almaviva. . . . . . CROSA.
Un Officier. . . . . RELANDINI.
Un chef d'alguazils.
Un Notaire.
Plusieurs Alguazils.
Soldats.

La scène est à Séville.

LE BARBIER DE SÉVILLE.

ACTE PREMIER.

Le théâtre représente une rue de Séville. A la gauche, la maison de Bartholo, avec un balcon entouré d'une jalousie qui se ferme à clé.

SCÈNE I.

FIORELLO, *avec une lanterne sourde, introduit plusieurs musiciens; ensuite* LE COMTE, *couvert d'un manteau*

INTRODUCTION.

FIOR. (*S'avançant avec précaution*). Doucement, très-doucement... Ne dites pas un mot, venez tous ici avec moi.

CHŒUR. Doucement, très-doucement... nous voilà.

TOUS. Il règne ici le plus profond silence... Il n'y a personne qui puisse troubler notre musique.

LE C. (*A demi-voix*). Fiorello... holà !

FIOR. Monsieur, me voici.

LE C. Eh bien ! les amis...

FIOR. Ils sont prêts.

LE C. Très-bien... mais silence.

FIOR. Très-doucement...

CHŒUR. Très-doucement et sans dire un mot.

(*Les musiciens accordent leurs instruments et accompagnent le comte, qui chante ce qui suit :*

C. Ecco ridente il cielo;
Spunta la bella aurora,
E tu non sorgi ancora,
E puoi dormir cosi?
Sorgi, mia bella speme,
Vieni, bell' idol mio,
Rendi men crudo, o Dio !
Lo stral che mi ferì.
Oh sorte ! già veggo

LE C. Le ciel brille d'un doux éclat ; l'aurore paraît, et ma bien-aimée repose encore !... Ah ! réveille-toi, cher espoir de mon cœur. Viens, idole chérie, hâte-toi, hélas ! d'adoucir les traits que l'amour a lancés dans mon cœur... Quel heureux sort ! je vais voir bientôt sa charmante figure. Bientôt elle aura

Quel caro sembiante, Quest' anima amante Ottenne pietà Oh instante d'amore ! Oh dolce contento, Che eguale non ha !	pitié de mon cœur enflammé de la plus vive ardeur. ¡O doux instant ! bonheur incomparable !.... Eh ! Fiorello !

FIOR. Monseigneur !

LE C. Dis-moi, la vois-tu ?

FIOR. Non, Monseigneur.

LE C. Ah ! mon espérance est vaine.

FIOR. Monsieur le comte, il fait jour.

LE C. Ah ! je ne sais que croire... Que vais-je faire ? Tout est inutile... Mes bonnes gens ?

CHŒUR. (*A demi-voix*). Monseigneur...

LE C. Allez, Allez. (*Il donne une bourse à Fiorello, qui distribue de l'argent à tous les musiciens*). La musique devient inutile, je n'ai plus besoin de vous.

FIOR. Bonne nuit à tout le monde. Je n'ai plus besoin de vous.

(*Les musiciens entourent le comte et le remercient. Le comte, fâché contre eux à cause du bruit qu'il font, les chasse. Fiorello fait de même*).

CHŒUR. Mille remercîments, Monseigneur, de la faveur... de l'honneur... Ah ! nous sommes vraiment très-reconnaissants de tant de bonté. (Quelle heureuse rencontre ! c'est un homme de qualité).

LE C. En voilà assez, ne parlez pas, c'est bon. Ne faites point de bruit. Que le diable vous emporte ! Allez-vous-en bien vîte, ce vacarme va réveiller tous les voisins.

FIOR. Chut ! chut ! quel bruit épouvantable !

CHŒUR. Quel honneur ! quelle faveur !

FIOR. Que le diable vous emporte ! Allez-vous en bien vite. Ils font un bruit infernal, ils me mettent en fureur. (*Les musiciens sortent*).

LE C. Qu'ils sont indiscrets ! Il s'en est peu fallu qu'ils n'aient réveillé tous les gens du quartier... Enfin ils sont partis !... On ne la voit pas. (*Regardant vers le balcon.*) Il est inutile d'espérer. Cependant je veux attendre encore. (*Il se promène en réfléchissant.*) Elle vient tous les matins prendre le frais sur ce balcon, dès que l'aube parait. Essayons. Holà ! Fiorello, retire-toi aussi.

FIOR. Je m'en vais ; j'attendrai là bas vos ordres. (*Il se retire.*)

LE C. Si je peux parvenir à causer avec elle, il ne faut pas de témoins. Elle doit s'être aperçue que je viens ici tous les jours pour elle, à la même heure. Elle sait mon nom… Oh ! le bel amour ! Elle se moque ainsi d'un homme de mon rang… Cependant, cependant…. elle doit être mon épouse. (*On entend dans le lointain Figaro qui arrive en chantant.*) Quel est cet importun? Laissons-le passer. Caché sous ces arcades, je verrai ce qui se passe. Il fait à peine jour, et lorsqu'on aime, on ne doit pas se décourager.

SCÈNE II.

FIGARO, LE COMTE, *caché.*

CAVATINE.

La ran la lera, la ran la la !
Largo al Factotum
Della città.
Presto a bottega,
Chè l'alba è già.
La ran la lera, La ran la la !
Ah ! che vel vivere,
Che bel piacere
Per un barbiere
Di qualità !
Ah ! bravo Figaro,
Bravo bravissimo,
Fortunatissimo
Per verità !
La ran la lera La ran la la !
Pronto a far tutto
La notte e il giorno,
Sempre d'intorno
In giro stà.
Miglior cuccagna
Per un barbiere,
Vita più nobile
No non si dà.
La lan la lera La ran la la !
Rasori e pettini,
Lancette e forbici,
Al mio comando
Tutto qui stà.
Vi è la risorsa

La ran la lerà, lan ran la là, laissez passer le *factotum* de la ville… Courons vite à la boutique : il fait grand jour. *Lan ran la lerà !* Ah ! quelle est douce la vie d'un barbier de qualité ! Quel plaisir, quel bonheur !… Ah ! bravo Figaro ! archi-bravo ! Je suis vraiment bien heureux… *La ran la lerà !* Prêt à tout, je rôde nuit et jour. Oh ! qu'elle est douce la vie d'un barbier tel que moi! On ne saurait imaginer un plus noble état. *La ran la lerà !*

Des rasoirs, des peignes, des lancettes, des ciseaux, rien ne manque. Je puis aussi me rendre utile aux chevaliers, aux belles dames

Poi del mestiere
Colla donnetta...
Col cavaliere...
La ran la lera, la ran la la!
Tutti mi chiedono,
Tutti mi vogliono,
Donne, ragazzi,
Vecchi, fanciulle,
Quà la parrucca...
Presto la barba...
Quà la sanguigna...
Presto il biglietto...
Figaro.. Figaro...
Son quà, son quà.
Ohimè! che furia!
Ohimè! che folla!
Un' alla volta
Per carità,
Figaro... Figaro...
Eccomi quà.
Pronto prontissimo
Son come un fulmine,
Sono il factotum
Della città.
Ah! bravo Figaro,
Bravo bravissimo,
Fortunatissimo
Per verità.
La lan la lera, la ran la la.

Lan ran lerà! Tout le monde me demande, tout le monde me recherche. Les femmes, les enfants, les vieillards, les jeunes fillettes. Holà! ma perruque... vite la barbe... la saignée... prenez ce billet... Figaro !... Figaro!... Me voici.,. me voilà... Hélas! quel empressement! quelle foule! De grace, un à la fois.. Figaro! Figaro! Me voici... me voilà... Je suis aussi rapide que la foudre... Je suis le *factotum* de la ville.. Ah! bravo! Figaro! à merveille, je suis vraiment l'homme le plus heureux de la terre... *La ran la lerà!*

Ah! la charmante vie! Travailler fort peu, s'amuser beaucoup, avoir toujours de l'argent dans sa poche, et tout cela, grâce à ma réputation...

LE C. (Est-ce bien lui? N'est-ce point une erreur?)

FIG. (Quel est donc ce monsieur?)

LE C. C'est lui, ma foi... Figaro!

FIG. Monsieur... Oh! que vois-je? Excellence...

LE C. Chut, chut! il faut de la prudence; je ne suis pas connu ici, et je ne veux pas me faire connaître; j'ai mes raisons pour cela.

FIG. Fort bien; je vous comprends, et je m'en vais.

LE C. Non...

FIG. Mais à quoi bon?

LE C. Reste ici, te dis-je. Tu peux peut-être contribuer à la réussite de mon projet. Mais dis-moi un peu, maraud : par quel hasard te trouves-tu en ces lieux? Ma foi, tu es bien maigre...

FIG. C'est le travail, Monseigneur.

LE C. Ah! fripon...

FIG. Merci...

LE C. Es-tu guéri enfin de tes folies?

FIG. Certainement... Mais, vous, Monseigneur, comment vous trouvez-vous à Séville?

LE C. Je m'en vais te le dire. J'ai vu au Prado une beauté charmante : c'est la jeune fille d'un certain médecin, vieux radoteur qui s'est établi ici depuis quelques jours. Epris de cette jeune personne, j'ai quitté ma patrie, mes parents, et je suis venu en ces lieux, sous le nom de Lindor, où je rôde nuit et jour, autour de ce balcon.

FIG. Autour de ce balcon? un médecin! ah! ma foi vous êtes heureux. Le sort ne saurait vous être plus favorable.

LE C. Comment?

FIG. C'est sûr. Je suis le barbier, le coiffeur, le chirurgien, le botaniste, le pharmacien, le vétérinaire, l'homme d'affaires de la maison.

LE C. Ah! quel bonheur!

FIG. Ce n'est pas tout. La jeune personne n'est pas la fille du docteur ; elle n'est que sa pupille.

LE C. Ah! quel plaisir!

FIG. Par conséquent... chut...

LE C. Qu'est-ce?

FIG. On ouvre le balcon. (*Ils se retirent sous les arcades.*)

SCÈNE III.

ROSINE, BARTHOLO, LE COMTE.

ROS. (*A la fenêtre.*) Il n'est pas encore arrivé... peut-être... Qui sait?

LE C. Espoir de ma vie, mon idole, mon trésor... je vous revois enfin...

ROS. Hélas! je n'ose pas... je voudrais lui donner la lettre.

BAR. (*A la fenêtre.*) Eh bien! ma chère enfant, le temps est beau... Quel est ce papier?

ROS. Ce n'est rien, monsieur; ce sont les couplets de la *Précaution inutile.*

BAR. Fort bien! de la *Précaution inutile.*

ROS. Ah! quel malheur! ma chanson est tombée! (*A Bar.*) Courez donc la prendre.

BAR. J'y vais, j'y vais.

ROS. (*Au comte.*) Ps... ps...

LE C. (*A Ros.*) J'ai compris.

ROS. (*Au comte.*) Vite.

BAR. Me voici... Où est-elle? (*Il cherche*).

ROS. Ah! le vent l'emporte...regardez.

BAR. Je ne la vois pas... Eh! mademoiselle, je ne voudrais pas... (Diable! me tromperait-elle?) Rentrez... rentrez, allons.., m'entendez-vous? rentrez bien vite.

ROS. Je me retire... vous êtes bien pressé...

BAR. Je vais faire murer ce balcon... rentrez, vous dis-je.

ROS. Ah! la maudite vie! (*Elle se retire*).

(*Bartholo entre dans la maison*).

LE C. Pauvre malheureuse! son triste état m'intéresse toujours davantage.

FIG. Vite, vite, voyons ce qu'elle écrit.

LE C. Oui, lis. (*Figaro lit la lettre*).

« Vos soins assidus ont excité ma curiosité. Mon tuteur va sortir;
« dès qu'il sera loin, tâchez de me faire savoir par quelque moyen
« ingénieux votre nom, votre état et vos intentions. Je ne puis jamais
« paraître au balcon toute seule; mon cruel tyran m'y suit toujours,
« mais soyez sûr que je suis prête à faire tous mes efforts pour briser
« mes chaînes.

« La malheureuse ROSINE. »

LE C. Oui, oui, nous les briserons... Dis-moi un peu qu'elle espèce d'homme est ce tuteur?

FIG. C'est un vieux enragé, avare, soupçonneux, grondeur... Ah!

LE C. Qu'est-ce?

FIG. On ouvre la porte.

SCÈNE IV.

BARTHOLO, LE COMTE, FIGARO, *cachés.*

BAR. (*Vers la maison*). Je reviens à l'instant, n'ouvrez à personne. Si Bazile vient, qu'il m'attende (*Il ferme la porte de la maison*). Il faut hâter mon mariage avec Rosine. Oui, cette affaire doit se terminer aujourd'hui (*Il sort*).

LE C. (*S'avançant avec Figaro*). Il veut épouser Rosine aujourd'hui.. Ah ! vieux fou ! mais, dis-moi, quel est donc ce Bazile ?

FIG. C'est un célèbre faiseur de mariages, un tartufe, un pauvre qui n'a pas le sou, un professeur de musique enfin ; c'est le maître de la pupille.

LE C. Bien ; il est bon de tout savoir.

FIG. Maintenant, il faut que vous songiez à satisfaire le désir de la belle Rosine.

LE C. Je ne veux pas lui faire connaître ni mon rang, ni mon véritable nom ; je veux d'abord être sûr qu'elle n'aime au monde que moi seul, et non les richesses et le titre du comte d'Almaviva. Ah ! tu pourrais...

FIG. Moi ? C'est vous qui devez... Ah ! silence, silence, si je ne me trompe, je crois que la jeune fille se tient cachée derrière les volets. A vous, avec une petite chanson sans importance, expliquez-lui le tout.

LE C. Moi... je ne sais...

FIG, Voilà la guitarre.

LE C. Mais...

FIG. Dieu, qu'elle patience !

LE C. Eh bien, essayons.

LINDOR.

Se il mio nome saper voi bramate, Dal mio labbro il mio nome ascoltate: Son Lindoro che fido v' adora Che sposa vi brama Che a nome vi chiama Di voi sempre parlando cosi Dall' aurora al tramento da di.	Si vous désirez savoir mon nom, entendez-le de ma bouche même. Je suis Lindor, je vous suis fidèle, je vous adore, je vous appelle par votre nom, je vous désire pour mon épouse, je parle toujours de vous depuis l'aurore jusqu'au coucher du soleil.

ROSINE.

Segui o cavo, del Segui cosi	Continuez, mon cher, toujours comme ça.

LINDOR.

L'amoroso è sincero, Lindoro Non può offrirvi, mia cara, un tesoro,	L'amoureux est sincère, Lindor ne peut pas vous offrir un trésor ; je ne suis pas riche, mais je vous

ROSINE.

Ricco non sono, ma un core vi dono,
Un' anima amante,
Che fida costante.
Per voi sola sospira così
Dall' aurora al tramonto del dì.

L'amorosa e sincera Rosina,
Dal suo cuore Lindoro rassi.

donne un cœur et une âme amoureuse, qui, constante et fidèle, soupire toujours pour vous depuis l'aurore jusqu'à la fin du jour.

L'amoureuse est sincère; Rosine est ravie du cœur de son Lindor.
(*Rosine se retire*).

FIG. Sans doute, quelqu'un vient d'entrer dans sa chambre.

LE C. Oh, morbleu! Je délire, mon sang brûle dans mes veines. Il me faut absolument la voir, lui parler; toi, tu dois m'aider.

FIG. Eh, eh, comme nous sommes pressés; oui, oui, je vous aiderai.

LE C. Allons, il faut absolument que tu m'introduises dans cette maison, aujourd'hui même. Dis-moi un peu comment tu t'y prendras; voyons quelque exploit de cet esprit tant vanté.

FIG. Bien, je verrai, je tâcherai... Mais aujourd'hui, je ne sais...

LE C. C'est bon, je te comprends. Occupe-toi de l'affaire, et compte sur moi. Tu seras bien récompensé de tes peines.

FIG. Vraiment?

LE C. Je t'en donne ma parole.

FIG. De l'argent en quantité!

LE C. A foison; dépêche-toi.

FIG. Je suis prêt. Ah! vous ne pouvez pas vous imaginer quel effet prodigieux produit sur mon esprit l'espoir de gagner beaucoup d'argent en servant le cher monsieur Lindor.

DUO.

All' idea di quel metallo,
Portentoso, onnipossente
Un vulcano la mia mente
Già comincia a diventar.
Su, vedïam di quel metallo
Qualche effetto sorprendente,
Del vulcan della tua mente
Qualche mostro singolar.

En songeant à ce beau métal, tout-puissant, ma tête se transforme en un volcan enflammé.

Allons, voyons un peu ces effets prodigieux, voyons les miracles de cette tête volcanisée.

FIG. Par exemple, vous pourriez vous déguiser en soldat.

LE C. En soldat?

FIG. Oui vraiment.

LE C. En soldat, et pourquoi faire?

FIG. Il arrive aujourd'hui un régiment...

LE C. Oui, et je suis l'ami du colonel.

FIG. A merveille.

LE C. Ensuite?

FIG. Diable! attendez... Grâce à un billet de logement, on ouvrira cette porte. Qu'en dites-vous, Monseigneur, n'ai-je pas trouvé le bon moyen?

A 2. Quel heureux stratagème! ce n'est pas mal en vérité.

FIG. Doucement, il me vient une idée... Voyez un peu ce que fait l'argent. Monsieur fera semblant d'être ivre.

LE C. Ivre?

FIG. Oui, Monsieur.

LE C. Ivre, mais pourquoi?

FIG. (*Imitant les mouvements d'un homme qui a trop bu*). Parce que le tuteur, croyez-moi, ne se méfiera pas d'un homme qui n'a pas la tête à lui, et qui chancelle parce qu'il est pris de vin.

A 2. Quel heureux stratagème! ce n'est pas mal en vérité.

LE C. Il faut donc?...

FIG. Faire ce que j'ai dit.

LE C. Allons.

FIG. Du courage.

LE C. Je vais... oh! j'oubliais le plus nécessaire; dis-moi un peu où est ta boutique, afin que je puisse te retrouver.

F. La bottega? non si sbaglia,
Guardi bene, eccola là.
(*Additando fra le quinte*).
Numero quindici a meno manca.
Quattro gradini, facciata bianca:
Cinque parrucche nella vetrina.
Sopra un cartello, *Pommata fina*,
Mostra in azzuro alla moderna,
V'è per insegna una lanterna:
Là senza fallo mi troverà.

FIG. Ma boutique! ah! on ne peut pas se tromper. Regardez bien, la voilà. (*La lui montrant à travers une coulisse*). Numéro quatre, à gauche, quatre marches, une façade blanche, cinq perruques dans la boite vitrée. Il y a sur un écriteau: Pommade de première qualité; un étalage couleur bleu de ciel et d'un goût moderne; une lanterne pour enseigne: vous ne pouvez pas vous tromper.

LE C. J'ai très-bien compris.

FIG. Dépêchez vous.

LE C. Prends bien garde.

FIG. Je me charge du reste.

LE C. Je compte sur toi.

FIG. Je vous attends là-bas.

LE C. Mon cher Figaro...

FIG. C'est entendu.

LE C. Je porterai avec moi...

FIG. Une bourse remplie d'argent.

LE C. Oui, tout comme tu voudras.

FIG. Quant Au reste... n'en doutez pas, tout ira bien.

C. Ah ! che d'amore
La fiamma sento.
Nuzia di giubilo
E di contento,
Ecco propizia
Che in sen mi scende :
D'ardor insolito
Quest'alma accende,
E di me stesso
Maggior mi fa.

LE C. Ah ! je sens que l'amour m'enflamme ; la douce espérance m'annonce le bonheur ; elle me console et remplit mon âme d'une ardeur inconnue.... Elle m'élève au-dessus de moi-même.

F. Delle monete
Il suon già sento !
L'oro già vine,
Viene l'argento !
Eccolo ; eccolo
Che in tasca scende,
D'ardore insolito
Quest'alma accende
E di me stesso
Maggior mi fa.

FIG. J'entends déjà le doux son des belles pièces... Je vois couler l'or, l'argent... Le voici... Il entre dans ma poche ; il remplit mon âme d'une ardeur inconnue. Il m'élève au-dessus de moi-même.

(*Figaro entre chez Bartholo, et le comte sort*).

FIN DU PREMIER ACTE.

DEUXIÈME ACTE.

SCÈNE I.

Le théâtre représente une chambre dans la maison de Bartholo, avec un balcon entouré d'une jalousie, comme dans la première scène; à droite, un secrétaire; à gauche, un piano.

ROSINE, *tenant une lettre à la main.*

CAVATINE.

Una voce poco fa
Quà nel cor mi risuonò.
Il mio cor ferito è già,
Fu Lindor che il piagò.
Si : Lindoro mio sarà,
Lo giurai, la vincerò.
Il Tutor ricuserà,
Io l'ingegno aguzzerò.
Alla fin s'accheterà,
E contenta io resterò.
Si : Lindoro mio sarà,
Lo giurai, la vincerò.
Io sono docile,
Son rippettosa,
Sono ubbidiente,
Dolce amarosa,
Mi lascio reggere,
Mi fo guidar;
Ma se mi toccano
Dov'è il mio debole,
Sarò un vipera,
S, si sarò
E cento trappole,
Prima di cedere,

Une douce voix a retenti, il n'y a pas longtemps, dans mon cœur. J'aime Lindor. Lindor doit être à moi : je l'ai juré. Je surmonterai tous les obstacles. Le tuteur refusera d'abord; mais mon esprit saura imaginer des moyens de l'apaiser... il consentira à la fin, et je serai heureuse. Oui, Lindor sera mon époux; je l'ai juré, je triompherai de tous les obstacles. Je suis docile, respectueuse, obéissante, tendre, aimable ; je me laisse guider... J'écoute les bons conseils ; mais si on prétend s'opposer à mes vœux, je deviendrai une vipère, j'inventerai mille ruses pour ne pas céder. Oui, oui, je triompherai.

Si je pouvais au moins lui envoyer une lettre !... mais comment ! je n'ose me fier à personne ; mon tuteur a des yeux d'Argus. Il suffit : en attendant, cachetons la lettre. (*Elle approche du secrétaire et cachette la lettre*). Je l'ai vu causer plus d'une heure avec le barbier. Figaro est un honnête homme ; il a bon cœur..... Peut-être protégera-t-il mes amours...

SCÈNE II.

ROSINE, FIGARO.

FIG. Bonjour, Mademoiselle.

ROS. Bonjour, M. Figaro.

FIG. Eh bien ! que devenez-vous ?

ROS. Je meurs d'ennui.

FIG. Oh ! diable ! est-il possible ! une jeune personne, belle, jolie et spirituelle.

ROS. Ah ! ah ! vous me faites rire ! A quoi sert l'esprit ? L'on me tient toujours enfermée entre quatre murailles, au point que je me crois dans un tombeau. (*L'appelant dans un coin.*) Ecoutez ; je veux...

FIG. Dans un tombeau... pas du tout.

ROS. Voici le tuteur...

FIG. Vraiment !

ROS. C'est lui ; je reconnais sa manière de marcher.

FIG. Sauvons-nous ; je vous reverrai bientôt. Je dois vous dire quelque chose.

ROS. Et moi aussi, M. Figaro.

FIG. Fort bien, je m'en vais. (*Il se cache dans la première porte à gauche et se montre de temps en temps.*)

ROS. Qu'il est honnête !

SCÈNE III.

BARTHOLO, LES PRÉCÉDENTS, *ensuite* BAZILE.

BAR. Oh ! le maudit Figaro ! quelle scélératesse ! quelle perfidie !

ROS. (Voilà comme il est ; il ne cesse jamais de gronder.)

BAR. Peut-on se conduire plus mal ? à force d'opium, de saignées et d'autres médicaments, il a formé un hôpital de toute la famille..... Mademoiselle, avez-vous vu le barbier ?

ROS. Pourquoi ?

BAR. Parce que je veux le savoir.

ROS. Vous donnerait-il aussi de l'ombrage ?

BAR. Et pourquoi non ?

FIG. Eh! je ne suis pas si bête. (Vive la joie). Je reviens tout de suite. (Le coup est fait). (*Il sort*).

BAR. C'est ce fripon qui a remis au comte le billet de Rosine.

LE C. Il me paraît un fameux brouillon.

BAR. Oui, mais il ne m'attrappera pas... (*On entend dans les coulisses un grand bruit de poterie cassée*). Ah ! quel malheur !

ROS. Ah ! d'où vient ce bruit !

BAR. Ah ! le mauvais sujet !.. Le cœur me l'avait prédit. (*Il entre*).

LE C. Ce Figaro est un grand homme. A présent que nous sommes seuls, dites-moi, ma chère, êtes-vous bien aise d'associer votre destinée à la mienne? Parlez franchement.

ROS. Ah ! mon cher Lindor.

LE C. Je serais au comble de mes vœux. Hé bien?

BAR. Il m'a tout cassé : six assiettes, huit verres, une terrine.

FIG. Que de bruit pour peu de chose ! Si je ne m'étais pas appuyé sur une clé (*Montrant en cachette au comte la clé de la jalousie qu'il a volée*), dans ce maudit corridor, très-obscur, je me serais cassé la tête contre le mur... l tient tous les volets fermés : on n'y voit rien... ensuite, ensuite.

BAR. En voilà assez.

FIG. Allons donc... De la prudence. (*Bas au comte et à Rosine*).

BAR. A nous.

(*Il veut s'asseoir pour se faire raser... En même temps, Bazile entre*).

SCENE IV.

D. BAZILE et LES PRÉCÉDENTS

QUINTETTO.

ROS. Don Bazile !...

LE C. (Que vois-je !)

FIG. Quel contre-temps !

BAR. Comment ! vous, ici?

BAZ. Je vous salue.

BAR. (Que signifie ce prodige ?)

LE C., FIG. (Il faut de la hardiesse.)

ROS. (Qu'allons-nous devenir ?)

BAR. Don Bazile, comment vous portez-vous ?

3

BAZ. (*Etourdi.*) Comment je me porte ?

FIG. (*L'interrompant.*) Mais, qu'attendez-vous ? voulez-vous vous faire raser, oui ou non ?

BAR. (*A Figaro.*) Tout à l'heure. (*A Bazile.*) Et l'homme de loi, où est-il ?

BAZ. (*Etonné.*) L'homme de loi !

LE C. (*A Bazile*) Je lui ai raconté que tout est arrangé. (*A Bartholo.*) N'est-ce pas ?

BAR. Oui, je sais tout.

BAZ. Mais, Bartholo, expliquez-moi...

LE C. (*L'interrompant.*) Ah ! monsieur le docteur, un seul mot. Don Bazile, je suis à vous. (*A Bartholo.*) Ecoutez-moi un instant. (*Bas à Bartholo.*) Faites en sorte qu'il s'en aille, j'ai bien peur qu'il ne vous dévoile... Monsieur, il ne sait pas l'affaire de la lettre.

ROS. Mon cœur palpite.

FIG. (*A Rosine.*) Dissipez vos alarmes.

BAZ. Il y a une intrigue là-dessous... qui peut la deviner ?

LE C. Mais, Don Bazile, qui vous a appris à vous promener avec la fièvre ?

Figaro, écoutant attentivement, s'apprête à seconder le comte.

BAZ. (*Etonné.*) Avec la fièvre ?

LE C. En doutez-vous ? vous êtes jaune comme un mort.

BAZ. (*Comme ci-dessus.*) Comme un mort ?

FIG. (*Lui tâtant le pouls.*) Diable ! ce n'est pas une petite affaire... comme vous tremblez ! c'est la fièvre scarlatine.

LE C., FIG. Il faut des médicaments.

Le comte donne en cachette une bourse à Bazile.

FIG. Allez vite vous coucher.

LE C. Vous m'effrayez, ma foi !

BAR., ROS. Il a raison, allez-vous mettre dans le lit.

A 4. Dépêchez-vous, allez-vous coucher.

BAR. (*Etonné.*)Une bourse ! Allez au lit ! seraient-ils tous d'accord ?

A 4. Vite au lit.

BAZ. Eh ! je ne suis pas sourd. Je ne me ferai pas prier davantage.

FIG. Quelle couleur ! Ah !

LE C. Quelle vilaine figure !

BAZ. Vilaine figure?

LE C. Oh! très-vilaine.

BAZ. Je m'en vais donc.

A 4. Allez, allez, bonsoir, monsieur; que le ciel vous accorde la paix, le bonheur et la santé! (Oh! qu'il est ennuyeux!) Dépêchez-vous, allez-vous-en. (*Il sort.*)

BAZ. Bonsoir... de tout mon cœur... je vous suis obligé. (Oh! le tuteur est dans le sca.) Ne cri ez pas; j'ai bien compris. (*Il sort.*)

BAR. Me voilà. (*Bartholo s'asseoit; Figaro lui met une serviette au cou, s'apprêtant à le raser. Pendant qu'il le rase, il tâche d'empêcher Bartholo de voir les deux amants.*) Serrez un peu, fort bien.

LE C. Rosine, de grâce, écoutez-moi.

ROS. Je vous écoute, me voici.

LE C. (*A Rosine avec précaution.*) A minuit précis, nous irons vous chercher. Nous avons la clé à présent, il n'y a pas de danger.

FIG. Ah! ah! (*Tâchant de distraire Bartholo.*)

BAR. Qu'est-il arrivé?

FIG. Quelque chose dans l'œil. Regardez, ne touchez pas; soufflez, de grâce.

ROS. A minuit précis, je vous attends, mon bien-aimé, et je soupire après le moment de notre réunion.

BAR. Mais, laissez-moi voir.

FIG. Regardez; qui vous empêche?

LE C. Je dois vous prévenir (*Bartholo se lève et s'approche des deux amants*), ma chère, qu'afin que votre billet ne fût pas inutile; mon dé guisement...

BAR. Votre déguisement! fort bien, à merveille, ma foi. Fripons, scélérats... c'est bien; vous avez tous juré de me faire crever... sortez, perfides, ou je vais vous assommer.

LE C., ROS. et FIG. (Je crève de rage et de dépit...) L'ami est dans le délire, la tête lui tourne. Docteur, taisez-vous... Sortons... Il est inutile de crier. (*Le comte, Rosine, entre eux, avec des signes d'intelligence.*) Nous sommes d'accord, tout est dit. (*Ils sortent.*)

FIN DU TROISIEME ACTE.

ACTE QUATRIÈME.

SCENE I.

BERTA, *seule.*

Quel vieux soupçonneux ! qu'il aille lui-même, et qu'il y reste jusqu'à ce qu'il crève. Quelle maison !... on ne cesse de crier... on se dispute, on pleure, on menace ; on ne peut goûter un instant de repos avec ce vieillard avare et radoteur. Ah ! quelle maison ! elle est tout en désordre. C'est à moi à tout faire ! Patience ! on souffre tant qu'on peut....... ensuite... après tout... je ne suis pas une vieille décrépite , et je puis trouver aussi un époux qui fasse ce que je veux.

AIR.

Il vecchiotto cerca moglie ,
Vuol marito la ragazza ;
Quello freme, questa è pazza :
Tutti due son da legar.
Ma che cosa è questo amore
Che fa tutti delirar ?
Egli è un male universale ,
Una smania, un pizzicore ,
Un solletico, un tormento...
Poverina , anch'io lo sonto...
Nè ripar vi so trovar.
Ah ! vecchiaja maledetta !
Son da tutti disprezzata ,
E vecchietta disperata
Io dovrò cosi crepar.

Le vieux cherche une femme, la jeune personne veut se marier. Celui-là radote , celle-ci perd la tête ;tous les deux fois sont fous à lier. Mais qu'est-ce donc que cet amour qui fait perdre l'esprit à tout le monde ? C'est un mal général , une manie, un désir, un tourment, un je ne sais quoi... qu'on ne peut expliquer, et moi, par malheur, je l'éprouve aussi; et je ne sais pas y remédier. Ah ! maudite vieillesse ! tout le monde me méprise parce que je ne suis plus jeune, et peut-être je devrai crever ainsi de désespoir. *(Elle sort.)*

SCENE VII.

D. BARTOLO, D. BAZILE.

BAR. Vous ne connaissez donc pas Alonzo?

BAZ. Pas du tout.

BAR. Ah ! c'est sans doute le comte qui l'a envoyé. On médite un grand complot.

BAZ. Moi , je dis que cet honnête monsieur était le comte en personne.

BAR. Le comte. (Sa bourse le prouve.)

BAR. Que ce soit lui ou un autre, peu m'importe. Cher ami, je m'en vais de ce pas chez le notaire, et j'entends qu'on stipule ce soir le contrat de mariage.

BAZ. Chez le notaire! êtes-vous fou? Il pleut à verse. Ensuite le notaire est engagé pour ce soir avec Figaro: vous savez que le barbier marie une nièce.

BAR. Une nièce!... quelle nièce? le barbier n'en a pas... Ah! il y a quelque chose là-dessous. Les fripons veulent me jouer un tour, ce soir même. Vite, vite, que le notaire vienne ici sur-le-champ. Voilà la clé de la grande porte; allez, de grâce, dépêchez-vous! (*Il lui donne la clé.*)

BAZ. Ne craignez pas... bientôt je serai de retour. (*Il sort.*)

SCENE VIII.

BARTOLO, *ensuite* ROSINE.

BAR. D'une manière ou de l'autre, Rosine sera forcée de céder... Oh! diable! il me vient une meilleure idée... ce billet... (*Il tire de sa poche le billet que le comte lui a donné*) que la jeune fille a écrit au comte pourrait me servir.... Quel coup de maître! Ce fripon de don Alonzo m'a fourni un bon moyen sans s'en douter. Eh? Rosine, Rosine! (*Rosine sort de sa chambre sans dire un mot.*) Venez, venez, je veux vous donner des nouvelles de votre amant. Pauvre malheureuse! que je vous plains! Vous avez bien mal placé vos affections. Apprenez qu'il se moque de votre amour, qu'il a une autre maîtresse... Voici la preuve.

ROS. Oh ciel! mon billet!

BAR. Don Alonzo et le barbier conspirent contre vous; méfiez-vous-en: ils sont les vils agents du comte Almaviva; ils veulent vous entraîner dans le précipice!

ROS. (Ah! Lindor... ah! traître! qu'entends-je! Ah! vengeons-nous... Oui, que ce perfide apprenne à connaître Rosine!) Monsieur, vous désiriez m'épouser?

BAR. Je ne demande pas mieux.

ROS. Hé bien! j'y consens... Mais il ne faut pas tarder un instant.

Ecoutez : le perfide doit venir ici, à minuit, avec Figaro... Je devais me sauver avec lui, et l'épouser.

BAR. Ah ! scélérats ! je vais mettre une barre à la porte.

ROS. Ah ! monsieur, ils entreront par la fenêtre... Ils ont la clé qu'ils vous ont dérobée.

BAR. Je ne bouge pas d'ici... Mais... s'ils étaient armés ? Ma fille, puisque tu es devenue si sage, faisons comme cela. Ferme-toi à clé dans ta chambre ; je vais appeler la force armée ; je dirai qu'il s'agit de deux voleurs, et, dans ce cas... ventrebleu ! nous verrons ! Ma chère enfant, ferme-toi bien vite... Je m'en vais. (*Il sort.*)

ROS. Que je suis malheureuse ! quel sort affreux ! (*Elle sort.*)

(*La musique exprime un orage. On voit de la fenêtre des éclairs... On ouvre la jalousie. Figaro et le comte, enveloppés dans leurs manteaux, entrent l'un après l'autre. Figaro a une lanterne sourde à la main.*)

SCENE IX.

LE COMTE, FIGARO, *ensuite* ROSINE.

FIG. Enfin nous voici.

LE C. Donne-moi la main. Ma foi ! voilà un temps du diable.

FIG. C'est un temps superbe pour un amant. (*Il ouvre la lanterne et regarde partout.*)

LE C. Eh ? éclaire-moi. Mais Rosine, où sera-t-elle ?

FIG. Nous allons voir... la voici justement.

LE C. (*Avec transport.*) Ah ! mon trésor !

ROS. (*le repoussant.*) Eloignez-vous, perfide. Je ne suis venue ici que pour effacer la honte de ma sotte crédulité, pour vous faire sentir votre ingratitude, votre scélératesse, et pour vous dire que vous avez perdu à jamais une tendre et fidèle amie.

LE C. Je suis frappé d'étonnement.

FIG. Je n'y comprends rien.

LE C. Mais, de grace...

ROS. Taisez-vous : vous avez fait semblant de m'aimer, pour m'immoler à votre comte Almaviva, aussi lâche que perfide.

LE C. Au comte Almaviva !... ah ! vous êtes dans l'erreur... Que je suis heureux ! Vous aimez donc véritablement Lindor ? Répondez ?

ROS. Hélas ! ouï, je ne l'ai que trop aimé.

LE C. Ah ! il n'est plus temps de se cacher. Ame de ma vie (*il tombe à genoux, jetant par terre son manteau que Figaro ramasse*), vous voyez devant vous celui qui a suivi vos traces pendant si long-temps, qui soupire pour vous, qui aspire à votre main. Regardez-moi, ma bien-aimée, je ne suis point Lindor, je suis le comte Almaviva.

TRIO.

ROS. Ah ! qual colpo inaspettato ! Egli stesso !.. oh ciel! che sen- [to ? Di sorpressa, di contento Son vicina a delirar.	ROS. Ah ! quel bonheur inattendu !... Lui-même !... O ciel ! qu'entends-je ! je suis frappée d'étonnement ! Je ne puis résister à l'excès de ma joie.
CON. Qual trionfo inaspettato ! Me felice ! oh bel momento ? Ah ! d'amore, di contento Son vicina a delirar.	LE C. Quel triomphe inattendu ! Que je suis heureux ! Quel doux moment ! Je ne puis résister à l'excès de mon amour et de ma joie.
FIG. Son rimasti senza fiato ?... Ora muojon dal contento : Guarda guarda il mio talento Che bel colpo seppe far.	FIG. Ils peuvent à peine respirer ; ils vont mourir de joie. Voyez un peu le beau coup que j'ai fait ! Il est digne de mon talent.
ROS. Mio signor... ma voi... ma io..	ROS. Monseigneur, mais vous, mais moi...
CON. Ah! non più, non più, ben mio!	LE C. Ah ! ma bien-aimée, plus de doute.
C. R. Dolce nodo aventurato, Che fai paghi i miei desiri ! Alla fin de miei martiri Tu sentisti, Amor, pietà.	LE C. et ROS. Hymen délicieux, tu mettras le comble à mes vœux. L'amour enfin a daigné soulager mes tourments.
FIG. Presto andiamo : vi sbrigate : Via lasciate quei sospiri. Se si tarda, i mei raggiri Fanno fiasco in verità.	FIG. Allons-nous-en bien vite : dépêchez-vous. Faites trêve à vos soupirs ; si vous tardez, mes soins et mon adresse deviennent inutiles.
C. R. Dolce nodo aventurato, ec. (*Figaro va al balcone.*)	LE C. et ROS. Hymen délicieux, etc. (*Figaro s'approche du balcon.*)
FIG. Ah ! cospetto ! che ho veduto! Alla porta... una lanterna... Due personne... che si fa ?	FIG. Oh diable ! qu'ai-je vu ? Près de la porte, une lanterne, deux personnes ! Qu'est-ce que cela signifie?
à 3 Zitti zitti, piano piano, Non facciamo confusione, Per la scala dal balcone, Presto andiamo via di quà.	A 3. *doucement*... Faisons silence, ne nous troublons pas... Descendons bien vîte du balcon par l'échelle. (*Prêts à sortir*).

FIG. O ciel ! quel malheur ! comment ferons-nous ?

LE C. Qu'est-il arrivé ?

FIG. L'échelle...

ME C. Eh bien ?

FIG. L'échelle n'y est plus.

LE C. Que dis-tu ?

FIG. Qui diable l'a enlevée ?

LE C. Quel cruel embarras !

ROS. Que je suis malheureuse !

FIG. Ah ! chut ! j'entends du monde ! Nous voilà flambés, Monsieur, qu'allons-nous faire ?

LE C. Courage ; ma chère Rosine (*Il s'enveloppe dans son manteau*).

FIG. Les voici. (*Ils se retirent vers les coulisses*).

SCENE X.

D. BAZILE, *avec une lanterne, introduit* UN NOTAIRE *qui a un papier à la main.*

BAZ. Don Bartholo ! don Bartholo ! (*appelant du côté opposé*).

FIG. (*Parlant au comte*). C'est don Bazile.

LE C. Et l'autre ?

FIG. Oh ! oh ! c'est un notaire. Vive la joie ! Laissez-moi faire. Monsieur le notaire... (*D. Baz. et le notaire se retournent et témoignent de leur surprise. Le notaire s'approche de Figaro*). Vous deviez stipuler ce soir chez moi un contrat de mariage entre le comte Almaviva et ma nièce. Voici les époux... Avez-vous sur vous l'écrit ?... (*Le notaire tire de sa poche le contrat*). Fort bien.

BAZ. Mais doucement ; Bartholo où est-il ?

LE C. Eh ? D. Bazile (*appelant dans un coin D. Bazile, il tire une bague de son doigt et lui fait signe de se taire*). Cette bague vous est destinée.

BAZ. Mais moi...

LE C. Il y a pour vous deux balles dans la tête... (*Tirant un pistolet de sa poche*) si vous vous vous opposez...

BAZ. Pas du tout ; je prends la bague. (*Il la prend*). Qui signe ?

LE C. ROS. Nous voici. (*Ils signent*). Figaro et don Bazile sont les témoins... Je l'épouse.

FIG. BAZ. Vivent les époux !

LE C. O doux bonheur !

ROS. O félicité parfaite !

TOUS. Vive ! (*Pendant que le comte baise la main de Rosine, Figaro embrasse gauchement D. Bazile*).

SCENE DERNIERE.

D. BARTHOLO, UN ALCADE, ALGUAZILS, SOLDATS ET LES PRÉCÉDENTS.

BAR. Que personne ne bouge. Les voici. (*Montrant Figaro et le comte à l'Alcade, aux soldats, et s'élançant contre Figaro*).

FIG. A l'amiable, monsieur...

BAR. Monsieur l'alcade, ce sont des voleurs, arrêtez-les.

L'OFF. (*Au comte*). Monsieur, votre nom.

LE C. Mon nom est celui d'un homme d'honneur ; je suis l'époux de cette....

BAR. Eh ! allez à tous les diables... Rosine doit être à moi, n'est-ce pas ?

ROS. Comment? elle doit être à vous? C'est un rêve.

BAR. Qu'entends-je ! Ah ! friponne ! je suis trahi. Arrêtez-le, vous dis-je : c'est un voleur. (*Montrant le comte*).

FIG. Je vais l'assommer.

BAR. C'est un mauvais sujet, un fripon.

L'OFF. Monsieur... (*Au Comte*).

LE C. Retirez-vous.

L'OFF. Votre nom?

LE C. Retirez-vous, je le répète.

L'OFF. Eh ! Monsieur, baissez ce ton... Qui vous?

LE C. (*Se découvrant*) Je suis le comte Almaviva.

BAR. Le comte Almaviva ! Ah ! qu'entends-je ! quel étrange événement !... Enfin c'est moi qui suis la dupe de tout et qui ai tous les torts.

FIG. Il n'est que trop vrai.

BAR. (*A Bazile*) Mais, toi, fripon, comment m'as-tu trahi aussi? tu as servi de témoin !

BAZ. Ah ! mon cher D. Bartholo, monsieur le comte a dans sa poche certaines raisons, certains arguments auxquels on ne peut pas répondre.

BAR. Et moi, bête insigne, j'ai emporté l'échelle pour mieux favoriser le mariage !

FIG. Vous le voyez... c'était une précaution inutile.

BAR. Mais la dot... je ne puis pas... dans ce moment...

LE C. Allons donc... je n'ai pas besoin de dot... je vous en fais cadeau. (*Bartholo sourit.*)

FIG. Ah ! ah ! vous riez à présent ! Bravo ! don Bartholo, j'ai vu enfin briller un rayon de joie sur cette figure toujours refrognée. (Ah ! les fripons ont du bonheur dans ce monde !)

ROS. Enfin, monsieur Bartholo...

BAR. Oui, oui, c'est entendu.

LE C. Hé bien ! monsieur le docteur...

BAR. Oui, oui, c'est bon. Ce qui est fait est fait. Allez, que le ciel vous bénisse !

FIG. A merveille, docteur, venez m'embrasser.

ROS. Nous sommes heureux.

LE C. Quel amour fortuné !

(*Ils se donnent la main.*)

FINAL.

FIG. Di sì felice innesto
Serbiam memoria eterna,
Io smorzo la lanterna,
Qui più non a che far.

FIG. Conservons à jamais le souvenir d'un si doux nœud...J'éteins la lanterne, elle devient inutile.

CHOEUR.

Amore e fede eterna,
Si vegga in voi regnar.

Que l'amour, la constance et le bonheur règnent à jamais en ces lieux.

ROS. Costò sospiri e pene
Questo felice istante,
Alfin quest'alma amante
Comincia a respirar.

ROS. Que de soupirs, que de peines nous a coûtés cet heureux moment ! Enfin, mon âme commence à goûter le bonheur.

CHOEUR.

Amore, ec.

Que l'amour, etc.

LE C. (*A Ros.*) Dell' umile Lindoro

LE C. (*A Ros.*) Vous avez daigné

La fiamma a te fu accetta, Più bel destin ti aspetta, Su vieni a giubbilar.	sourire à l'ardeur de l'humble Lindor ; un sort plus brillant vous est réservé. Venez goûter la paix et le bonheur.

CHOEUR.

Amore, ec.	Que l'amour, etc.

FIN.

www.ingramcontent.com/pod-product-compliance
Ingram Content Group UK Ltd.
Pitfield, Milton Keynes, MK11 3LW, UK
UKHW020459230726
13925UKWH00005B/2029

9 782014 432015